U0473259

图像小说

# *Agatha Christie*®

# ABC 谋杀案

## THE ABC MURDERS

〔英〕阿加莎·克里斯蒂 原著

〔法〕弗雷德里克·布雷莫 改编　〔意〕阿尔贝托·扎农 绘

范晓菁 译

人民文学出版社
PEOPLE'S LITERATURE PUBLISHING HOUSE

著作权合同登记号 图字 01-2024-2121

**AGATHA CHRISTIE**
**The ABC Murders Graphic Novel**
by Frédéric Brémaud, Alberto Zanon
Adapted from
The ABC Murders © 1936 Agatha Christie Limited. All rights reserved.
The Poirot logo is a trademark, and AGATHA CHRISTIE, POIROT and the Agatha Christie
Signature are registered trademarks of Agatha Christie Limited in the UK and elsewhere. All rights reserved.
www.agathachristie.com
A.B.C contre Poirot
BELG Prod. © 2020

**图书在版编目 (CIP) 数据**

ABC 谋杀案 / （英）阿加莎·克里斯蒂原著 ；（法）
弗雷德里克·布雷莫改编 ；（意）阿尔贝托·扎农绘 ；
范晓菁译 . -- 北京 ： 人民文学出版社，2024. -- （99
图像小说）. -- ISBN 978-7-02-018892-5

Ⅰ . I561.45

中国国家版本馆 CIP 数据核字第 2024WU5431 号

责任编辑　朱卫净　杜玉花　欧雪勤
装帧设计　钱　珺

出版发行　人民文学出版社
社　　址　北京市朝内大街166号
邮政编码　100705

印　　刷　凸版艺彩（东莞）印刷有限公司
经　　销　全国新华书店等

字　　数　50千字
开　　本　965毫米×1270毫米　1/16
印　　张　4
版　　次　2024年10月北京第1版
印　　次　2024年10月第1次印刷

书　　号　978-7-02-018892-5
定　　价　88.00元

如有印装质量问题，请与本社图书销售中心调换。电话：010-65233595

1935 年 6 月，我离开南美洲的牧场回到英国待六个月。不用说，第一件事便是去拜访我的老朋友赫尔克里·波洛。

他住在伦敦最现代的一栋高楼里，我猜那一定仅仅是因为这些几何线条吧。

你不觉得这种对称令人赏心悦目吗？

对我来说，这有点儿过于完美了。总有一天，在这超现代的公寓里，连母鸡下的蛋也会是正方形的吧！

可惜啊，我的朋友！科学还没有找到诱导母鸡顺应现代潮流的方法。它们依然我行我素，下着大小不一、五颜六色的蛋！

不管怎样，你看起来精神很好。退休显然对你有好处，波洛！

啊，说起退休，正想聊聊……

每当我对自己说这是最后一桩案子的时候，立刻就会有事情发生。

我就像举办告别演出的歌剧女高音，永远唱不完！

幸亏我一直省着用我的灰质细胞。我将案子进行分类，并加以挑选……要知道，我亲爱的黑斯廷斯，波洛现在只对最棘手的案子感兴趣！

WHITEHAVEN MANSIONS

另外，一听说你要来，我就对自己说，一定会有什么稀奇又复杂的或者棘手的事情发生……我们会一起去打猎，就和过去一样！

我的天哪，波洛，听你这么说，还以为是在丽兹饭店点菜呢！

完全正确，我们为什么不点一道"犯罪"呢？

一次超级犯罪。快告诉我，它出现了吗？

还没有……还没有……

除非……

看看吧，然后告诉我你的想法！

"赫尔克里·波洛先生……"

赫尔克里·波洛先生：

那些对于我们可怜愚笨的英国警察来说很棘手的谜案，你自以为能轻松破解，是吗？那就让我们看看，聪明的波洛先生，你到底有多聪明。也许你会发现这块骨头很难啃。留意将在安多弗（Andover）发生的事，就在这个月21日。

祝好！

A.B.C.

邮戳显示信从伦敦寄出的。你怎么看？

你不这么认为吗？

当然，我的朋友，当然……

你似乎很认真地对待这件事啊，波洛。

你必须认真对待疯子，他们是非常危险的人。

写信的人是个疯子吧，这就是我的想法。

但你认为这件事更严重……你采取什么行动了吗？

我能采取什么行动？我把信拿给杰普看了。他跟你一样，认为这是个骗局。

我感觉这封信有些不对劲。

不，黑斯廷斯。不要说"直觉"，这是个很糟糕的词！是我的经验和知识告诉我这封信有什么地方不对劲！

明白了……某种直觉！

如此说来，就只能耐心等待了。21日是星期五，我们看看在安多弗究竟会发生什么。我不知道……也许是一起世纪大盗窃案！

让人宽慰？

别误会，我的朋友。如果只是入室盗窃，我就没必要担心那个最糟糕的预想了……

如果真是这样，那可真让人宽慰！

一场谋杀！

3

6月20日
星期四

伦敦的一个
贫民区……

MRS Ashe

22 日清晨，苏格兰场的
总督察杰普出现了……

黑斯廷斯上尉总算从他的荒野之地回来了。
这让我想起了过去的那些美好时光！

老伙计，
看来岁月真是催人老啊！

我们都会有这么一天的……
除了波洛，时间拿他
可是毫无办法！

神秘使人永葆青春。

今天 22 日，我是来告诉你，
昨天安多弗没出什么大事，
除了有小孩砸碎了一家商店的
橱窗！

我们的比利时朋友
被耍了！这是个骗局！

让你担惊受怕了吧？
我告诉过你，在苏格兰场，
我们每天都会收到很多匿名信。
你知道，脑子不正常的人
并不少见！

我承认这次是
我太蠢了……

那么再见了，
先生们！

他说得对，
我年纪大了，
变得疑神
疑鬼……

不过你答应过我
"一桩最棘手的
案子"！

你所说的
"一场谋杀！还有
配菜和小吃"。

至于受害者……
是男人还是女人？

DRIIIN!!!

丁零零!!!

抱歉……
喂！

?!

一位老太太，阿什尔太太，
被发现死在安多弗自己的杂货铺里，是谋杀！

受害者和她丈夫的关系不好。
她丈夫是个酒鬼，品行恶劣，不止一次
威胁要杀了她。刚收到的消息，波洛！

我还以为会发生什么不可思议的事情呢……
在我看来，杀死一位老太太既肮脏又无趣……

在安多弗接待我们的是格伦警督。
谋杀案是在凌晨 1 点被发现的……

多弗警员发现门没锁。
他走了进去，起初以为店里没人！

但当我用手电筒照到柜台时，
我看到了可怜的阿什尔夫人蜷作一团的尸体！

按照法医的说法，
她的后颈部遭到重击，
当时她可能正转身去拿一包烟。
当场毙命，死亡时间应该是
昨天下午 5 点到 6 点之间。

她丈夫在三顶皇冠
酒馆被捕，当时他已经
喝得烂醉。

"他否认杀了自己的妻子！"

放开我！
我没有杀她！！！

明白了……
一个不值一提
的男人……

一个整天威胁
她的酒鬼。
他们已经分居多年。

阿什尔太太曾在某位罗斯小姐的家里做
家务，罗斯小姐去世后给她留了一点儿钱……
这只够她做点儿小生意，卖些烟草和当地
报纸，但也能让她勉强度日。

他们有孩子吗？

没有。但受害者有一个
外甥女，在附近村庄
奥弗顿做清洁工。

一个非常暴力的丈夫，所以……

但你依然认为是阿什尔先生醉醺醺地走进店铺，将她打死的？

这是最合理的假设，但我认为这个人不可能写出你收到的那封奇怪的信……

完全正确！一个恶霸，发誓要剥了她的皮！

凶手带着钱柜里的钱逃走了吗？

没有。没有遭到抢劫的痕迹。

之后我们被允许进入受害者的房间……

店铺里屋非常狭小，同时也兼作厨房。壁炉台上摆着几张照片……

玛丽·德劳尔，受害者的外甥女

罗斯小姐，受害者的前雇主……

应该是结婚照。可怜的老太太年轻时真是个美人。

命运真是作弄人。

卧室里没多少东西，只有一张床、一个衣柜、两尊陶瓷像，还有椅子上的一双新丝袜……

走吧，黑斯廷斯，我们在这儿找不到什么。

可怜的女人！

警督先生，感谢你的帮助！

乐意效劳，波洛。

嗯……

如果杀人犯什么都没拿走，那他留下什么了吗？

我估计他并没有要这样帮我们。

可听你这么一说……我想起来柜台上有一份铁路指南。

你说一份铁路指南？

天哪！是一份ABC铁路指南！

我想，应该是这份ABC铁路指南的出现，首次让我对整个案件产生了兴趣……

德劳尔小姐？

先生们是？

黑斯廷斯和波洛。我们想询问一些关于你姨妈的事情。

她的女主人不在家，因此我们进了屋，在客厅进行了询问……

你很爱她，对吗？

她总是对我那么好。我母亲去世后，是她收留了我，那年我才十一岁。如果没有那个可怕的男人……

你姨妈从没想过通过法律手段摆脱他吗？

那毕竟是她的丈夫。而且其实她并不恨他，甚至经常给他钱花。

当然，但在三番五次的威胁后，你得知此事时，应该不觉得惊讶吧？

我从没想过他会真的付诸行动。再说，她也不是那么好欺负的。我不止一次看到他像落水狗一样被她赶出家门。

玛丽，
假设他没有杀她。

?!……
他没有杀她？

完全正确……假设是别人杀了她。
你知道可能会是谁吗？

我不知道。这似乎
不太可能吧？

她收到过匿名信吗？
或者只是签了一个 ABC 的信？

我不太明白，
先生。

玛丽·德劳尔没有更多信息了。她的姨妈没有仇人，所有积蓄也只够支付一场像样的葬礼……

于是我们回到安多弗，从那里搭乘第一趟回伦敦的火车……

波洛，你怎么想？

我的朋友，目前
我们完全处于黑暗
之中，毫无头绪……

证词越积越多，但都荒诞而无意义。我甚至惊讶于没有人看到一群挥舞着左轮手枪的蒙面暴徒……

没有人看到阿什尔
先生进来。我觉得
不是当地人干的。

我同意你的看法，
黑斯廷斯。

除了阿什尔，还有两个男人接受了审问。第一个是帕特里奇先生，他是最后一个见到受害者活着时的人。他是自己主动去警察局的。

一个毫无嫌疑的人，
公民意识非常强。

第二个是一位叫里德尔的先生，是被传唤的。

他承认当时推开了门，但没有看
到任何人，就径直离开了……

我相信他！

接下来的几个星期，波洛一直不愿意谈起这桩案子。当我试图提起这个话题时，他会用不耐烦的手势搪塞过去……

作案的是一个红头发的男人，中等身材，左眼斜视，右脚有点儿跛。

波洛，别开玩笑！

我亲爱的朋友，那你想要我怎么样？你像一只忠犬一样盯着我，盼着我说出一段福尔摩斯般的断言！而真相是，我不知道凶犯长什么样子。

要是他留下线索就好了……

你认为他是不小心留下的？

指纹？但那上面没有指纹。

警察在继续调查阿什尔、里德尔和帕特里奇……

愚蠢的调查！阿什尔和里德尔都是粗人，但我们的凶手沉着冷静。

这就是我想说的。清白的人会留下指纹，杀人犯则不会！

他肯定没有抽烟，也没把烟灰落在地上，然后在上面踩上一脚……但你已经有一个线索了：那份铁路指南！

当然不是！指纹证明了这一点！

不过，帕特里奇的行为倒像是那个写匿名信的人会干的：他直接去找警察，一副无辜民众的样子。但有种感觉告诉我，凶手不是安多弗当地人。

我有几天没有见到波洛了，7月22日星期一下午6点，他收到了一封信。

来了！

什么来了？

ABC 案的第二章。

亲爱的波洛先生：

怎么样？我想，第一局是我赢了。安多弗案子进行得很顺利，不是吗？但好戏刚刚开始。让我提醒你注意滨海贝克斯希尔（Bexhill），这个月的25日。我们玩得真开心！

祝好。

A.B.C.

"……我们玩得真开心！祝好，ABC"

太可怕了！

是的，这太可怕了。我们面对的是一个疯子！

第二天上午，我们聚在了苏格兰场的会议室……

我们收到警告了。后天将发生第二起案件，地点是贝克斯希尔！

苏塞克斯警察局的卡特警长

刑事调查局的助理局长

克罗姆警督

总督察杰普

苏塞克斯的警察局局长

精神病学家汤普森医生

格伦警督

我可以猜测一下吗？下一个受害者的姓氏可能是以 B 打头的。

这只是个猜测。上个月那个女人不幸遇害了，当我看到她的店门上方写着阿什尔（Asher）的名字时，我突然有了这个想法。

疯子的行为会有确切的动机吗，先生？

当然会有！致命的逻辑是急性狂躁症的特点之一。现在很难说这是否只是个巧合，但不排除这种可能性！

我们至少可以先做预防，但不得不说贝克斯希尔人口众多，再加上夏季的游客，可不会让这次行动轻而易举！

以全城人的正常心智去对付一个人的疯狂？我很担心，黑斯廷斯，非常担心。别忘了开膛手杰克屡屡得手！

Dewars

DAILY MAIL

7月25日上午10点，
海滨贝克斯希尔的海滩……

克罗姆警督和当地的凯尔西警督
都在现场……

可怜的女受害者……

伊丽莎白·巴纳德，23岁。
死亡时间在午夜和凌晨1点之间。
我们的凶手"信守承诺"……

是用她自己的腰带
勒死的！真是个禽兽！

日期和城市都对……
但确定这就是我们等的那桩案子吗？

尸体下面有一份ABC
铁路指南，翻在去贝克斯
希尔的车次那一页。

除了父母以外，她还有别的亲人吗？

有一个姐姐，
在伦敦做打字员。
已经联系上了。

非常不幸的是，
没有任何目击证人。

可怜的女孩！

好了，先生们，我想我得立即动身了。
凯尔西跟我一起去。

我也去。

？

真的吗？你也……

这是什么问题！

好吧！

克罗姆似乎不太高兴，凯尔西露出揶揄的微笑。
第一次见到我朋友的人通常都可气地把他当成小丑。

我们的第一站是姜黄猫咖啡馆，一个类似茶室的地方。此时是早餐时间……

多么可悲的故事！我可不愿去想这会给我们的生意造成怎样的影响！

这对你来说是一次极好的宣传，你会看到的。

真可怕！任何人都会感到恶心！

她在这里工作多长时间了？

两年。她是个很棒的服务员，友善、手脚麻利。

是个漂亮姑娘，不是吗？

你是认真的吗？你们这些外国人！这个女孩洁身自好。

她昨晚几点下班的？

8点，我们打烊的时候。但不要以为她告诉过我她晚上打算怎么过。我俩的关系没那么亲近。

她当时的精神状态正常吗？

我也不清楚。但你可以和希格利小姐谈谈。她昨晚也值班。

被介绍给四位男士后不久……

你与受害者熟悉吗？

但她还是很有趣，她也不是不说话，只是……

她与受害者的关系并不亲密。受害者肯定认为自己的职位比她高一级。她很友善，但除此之外两个女孩几乎没有联系……

我必须承认，克罗姆警督非常有耐心。这名女雇员把自己的证词重复更正了五六遍，最后的效果甚微……

她在这儿工作的时间比我长，我是3月份才来的。如果你们明白我的意思，她不是那种特别爱说爱笑的人。

13

根据希格利小姐的说法，伊丽莎白·巴纳德有个男朋友，她也见过。"非常帅气，总是穿得很优雅"，从中能听出一丝嫉妒……

受害者的父母住在一栋狭小的平房里。凯尔西警督介绍了所有人。

难以置信！最可怕的事情就这样发生了！

夫人请节哀，我们也很痛心，但我们急需寻找线索，一秒都不能耽误。

是啊！

这位是苏格兰场的克罗姆警督。这位是赫尔克里·波洛和他的朋友黑斯廷斯上尉，他们也是从伦敦来的！

昨天晚上女儿没回家，你们不担心吗？

你也知道现在的年轻女孩，警督。在这样美好的夜晚，她们从不急着回家。

我听说你们的女儿有个未婚夫。她是不是和他有约定？

现今社会大家都不说订婚的事了，你知道的。总之，她什么也没跟我们说。

他是个善良的孩子……他永远不可能做这种事……

我可以看看她的房间吗？也许能找到什么。信件或者日记本之类的……

？

巴纳德小姐？

梅根·巴纳德，是的。你是警察？

不完全是……

那我没什么话要对你说。我妹妹是个非常好的女孩，从不和男人一起出去。再见！

在这种情况下人们都会这么说，不是吗？

我们不是记者，如果你是这么想的话。

小姐，我向你介绍一下，这位是赫尔克里·波洛先生。

我听说过你。你就是那个时髦的私人侦探吧？

小姐，你能告诉我们什么？

这只在我们之间说可以吗？贝蒂＊总是吸引那些疯子。

我很爱她，但我的爱并没有让我变得盲目，她表现得像个傻瓜。我经常这么跟她说。

她并不坏，一点儿也不。也不放荡，但她喜欢出去玩，跳舞，还有……她从不拒绝甜言蜜语！

你为什么说她表现得像个傻瓜？

唐纳德是个非常冷静的男孩，他指责她的很多地方。我担心他最终会……抛弃她。

一个如此善良、沉稳、勤劳的男孩！

谢谢你，但你并没有告诉我真相……不要试图保护他，这毫无用处。你自己看吧。

波洛向她解释了 ABC 匿名信的来龙去脉、安多弗凶杀案和在受害者身旁发现的铁路指南……这让我非常惊讶。

唐纳德很孤僻，很少表达自己的感受。但他在内心深处很敏感。

哦，贝蒂！这是真的吗？波洛先生，我妹妹是被一个疯子杀死的？

我可以向你保证。

他总是因为贝蒂吃醋。当然，她很爱他，但她不喜欢只爱一个男人。

唐纳德有失去冷静的时候吗？

就像所有冷静的人一样，一旦发起脾气来，就会怒火冲天。贝蒂有时也感到害怕。

最近贝蒂和一个已婚男人去了伊斯特本。她说自己有权和任何她想约会的人约会。他气得浑身发抖，说，总有一天……总有一天……他会杀了她。

我从没想过他真的会这么做，但我担心我们最终会聊到那次争吵。

如果不是因为凶手的虚荣心，这件事肯定会发生。但多亏了 ABC 愚蠢的虚张声势，这个年轻人被免除了嫌疑。

此时门铃声响起，是唐纳德·弗雷泽。

＊"贝蒂"是"伊丽莎白"的昵称。

15

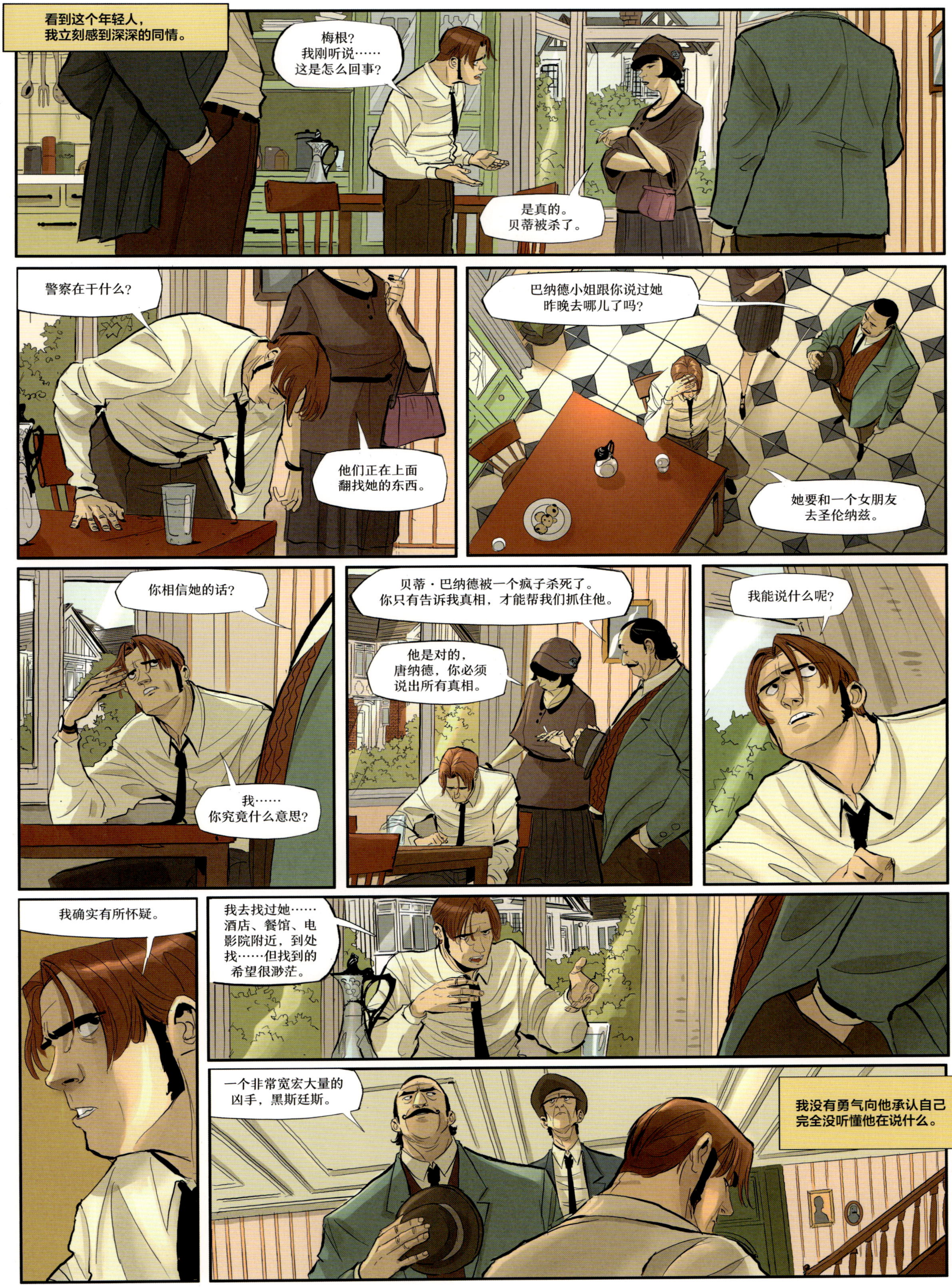

看到这个年轻人，
我立刻感到深深的同情。

梅根？
我刚听说……
这是怎么回事？

是真的。
贝蒂被杀了。

警察在干什么？

他们正在上面
翻找她的东西。

巴纳德小姐你说过她
昨晚去哪儿了吗？

她要和一个女朋友
去圣伦纳兹。

你相信她的话？

我……
你究竟什么意思？

贝蒂·巴纳德被一个疯子杀死了。
你只有告诉我真相，才能帮我们抓住他。

他是对的，
唐纳德，你必须
说出所有真相。

我能说什么呢？

我确实有所怀疑。

我去找过她……
酒店、餐馆、电
影院附近，到处
找……但找到的
希望很渺茫。

一个非常宽宏大量的
凶手，黑斯廷斯。

我没有勇气向他承认自己
完全没听懂他在说什么。

伊丽莎白·巴纳德谋杀案引起了巨大轰动。公众没有意识到这两起案件之间的联系，因为在安多弗惨案中并没有提到ABC铁路指南，而且在公众眼中，一个年轻漂亮的女孩被谋杀比一个上了年纪的女士被谋杀更可怕。

在苏格兰场，警察开始制定侦察战略，以阻止这一系列灾难性的谋杀……

特大新闻！

读读《每日镜报》，了解贝蒂谋杀案的一切！

来一份《每日镜报》，伙计！

5便士，先生！

我们该怎么做才能达得最佳效果？

我们应该把事实公之于众，并指望公众的合作吗？毕竟，这样就会有几百万人来对付一个杀人不眨眼的疯子。

如果将案情公之于众，你就上了ABC的当，先生。他就是想出名。

波洛，你怎么想？

现在情况非常棘手，我既是法官又是当事人。

但我确信，就像克罗姆警督所说的，这正是他期待我们的行动。在某种程度上是在满足他的狂妄自大，但也能让他不悦。

显然，结果都是一样的——再一次犯罪！

我同意汤普森医生的说法。

你认为这个疯子打算策划多少起犯罪？

看样子是要从A到Z，但我们会先抓到他。大概在H或者G的时候！

你是说我们还会收到五起谋杀案？

当然，这只是一种可能……

17

这个连环杀手会自信心大增，越来越觉得自己聪明过人。然后就会夸大自己的聪明和他人的愚笨。

波洛，你同意这个推断吗？

是的，我同意克罗姆警督的说法。

我保证在 F 之前抓到他。

克罗姆并不喜欢别人征求波洛的意见。他认为自己是这方面唯一的专家。

但他在贝克斯希尔收集的材料中似乎没有任何实质性的内容。

绝妙餐馆的一个服务生好像记得受害人曾与一个中年男人共进晚餐。但很多地方都有人声称看到了她……

对我们最有帮助的是找出凶手的动机，他对字母顺序的狂热从何而来。他杀人究竟是为了活动筋骨，还是出于对我的不满和憎恨。

换句话说，他是在公开向我发起挑战吗？赫尔克里·波洛曾打败过他？还是他曾经遭受过我间接造成的什么伤害？

还是性情结在作祟？等到下个案子发生时就能知道更多了……

别说了，医生！我们将竭尽全力阻止下次案件的发生！

如你所愿，如果你不想面对现实……

请允许我插一句，有一件事是确凿无疑的。如果没有那几封匿名信，我们早就逮捕阿什尔和弗雷泽了。凶手会不会心太软，不希望别人为他们没有犯下的罪行受苦？

那么，先生们，我们应该如何对公众说？

"一个宽宏大量的杀手"，我终于明白了……

等我们收到下一封信再公之于众吧。然后，那个被提到名字的城镇里所有名字以 C 开头的人都会收到警示。但 ABC 可不想退缩。

而那正是他落网的时候。

18

由于线索毫无用处，调查陷入僵局。我心乱如麻，波洛一定和我感同身受。
从苏格兰场借调来的一位年轻人被派到这所房子里。如果赫尔克里·波洛和我不在，他便负责拆开信件。
第三封信是星期五收到的。
打开，黑斯廷斯，快！
好了，好了……
“可怜的波洛先生……”
信是从彻斯顿寄出的。什么时候写的？
27日！
今天是30日，谋杀发生的当天。见鬼！
波洛住在白港公寓，但信封上的地址写的是白马公寓。信封一角写了一行潦草的字：白马公寓查无此人，试投白港公寓。
我的天哪，你是对的！
白白浪费了三天！幸运女神站在这个疯子那边！
现在已经10点20分了，要阻止这场犯罪已经太迟了。
也许已经发生了……
波洛先生
对这种小案件你并没有自己想象中那么擅长，是吗？也许你已经过了全盛时期？看看这一次你能不能做得更好。这次很简单：彻斯顿（Churston），本月30日。还是努力做点儿什么吧！你知道，总是我赢，未免有些无聊。打猎愉快！
祝好。
A.B.C.

德文郡，彻斯顿，人口六百五十六人，8月份的海滩非常宁静。我们必须在帕丁顿站赶上早晨的第一班火车……

BOOKSTALL

INING TEA ROOM

到站台时，我们第一个见到的人是克罗姆警督。

你先请，警督……

快点儿，先生们，火车就要开了！

克罗姆警督！克罗姆警督！

一个男人！……一个男人被谋杀了！给！

卡迈克尔·克拉克爵士，已婚，但没有子女，曾经是最杰出的喉科专家之一。退休后，住在海边的一座大庄园里，他收藏中国艺术品，是世界上最令人钦佩的中国艺术品收藏家之一。

他被发现时，头骨已被敲碎。

20

媒体会对这起死亡事件大做文章的。

很有可能，黑斯廷斯，不过这次宣传可能胜过我们所有的努力。整个国家的人都会追查 ABC 的踪迹。

不幸的是，这正是他想要的。

这也可能会导致他的失败。被成功冲昏头脑，然后就会变得粗心大意。

多么奇怪啊，波洛！到目前为止，我们接触到的所有谋杀案都是"私人"的谋杀案……

我的朋友，你说得很对。重要的是受害者的过去。"谁会从犯罪中获益？"总而言之……这一次是来自外部的犯罪，是冷血的、非私人的谋杀。

杀死一个陌生人比杀死亲近的人更糟糕？

哎呀，这次是我们最糟糕的冒险！

这太疯狂了，所以更糟糕……

不，黑斯廷斯，并不是更糟糕，而是更棘手。

也更可怕！

也许正因为疯狂，所以更容易破案。一个理智的人犯下的案子会给我们带来更多的麻烦。

PLATFORM N 1

不过……按照字母顺序也有问题。要是我能看出其中的构想……

那么一切就清晰而简单了！

卡迈克尔·克拉克爵士习惯在晚饭后去散步。晚上11点警察打电话来的时候，他们才意识到他还没有回来。上午10点左右，在当地警察局韦尔斯警员的陪同下，我们见到了一位老管家，他看起来备受打击……

韦尔斯警督……

德夫里尔，这几位先生是从伦敦来的。

过了一会儿，受害者唯一的弟弟富兰克林·克拉克出现了。他看起来擅长应对突发事件。

这是刑事调查局的克罗姆警督，赫尔克里·波洛先生，还有——呃——海特上尉。

黑斯廷斯！

享用完没有人敢拒绝的点心后……

韦尔斯警督昨晚已经把大致情况告诉我了……我哥哥是疯子杀手的第三个受害者？

尸体旁的ABC指南就是他的签名，克拉克先生。

但这是为什么呢？罪犯从中能获得什么好处呢？

你说到点子上了，先生。

在这桩案子里，寻找动机毫无意义。我对犯罪精神病学有一定的了解。他们的动机，最奇特的那种，就是渴望在公众中引起轰动。

波洛先生，你同意吗？

如果我这样跟你说……

你哥哥在散步前一切正常吗？

他和往常一样。但担忧和烦恼才是我哥哥的常态。

我从远东回来时，他的状态让我非常震惊。说实话，如果你们没有告诉我他的死因，我很可能以为是自杀。

如果有陌生人在这附近转悠，很容易就会被发现吧？

你也许不知道，我的嫂子克拉克夫人得了癌症，活不了多久了。她的病情让我哥哥非常担忧。

但肯定有人在这附近转悠过，了解你哥哥的习惯。你确定没有人打听过卡迈克尔爵士？

应该没有。不过你可以问一下德夫里尔。

一位年轻的女士出现了……

不，恰恰相反。8 月份这一带的海岸人满为患，有很多人来度假。

这位是格雷小姐，先生们。我哥哥的秘书。

我的注意力立刻被这位年轻女士的一头金发和非凡的美貌吸引住了。托拉·格雷……她的名字和她非常匹配。她拥有小说中女间谍的所有特质。

你负责处理卡迈克尔爵士的信件，他有没有收到过署名 ABC 的信件？

ABC？没有收到过。

他有没有提过散步时看到有陌生人在这附近转悠？

从没提过这种事。

23

克罗姆警督坚持沿着卡迈克尔爵士的散步路线走一遍……

克拉克夫人一定很难过……

她现在每天都靠吗啡维持生命，大量的吗啡。我想，她病得太重，意识不到周围发生了什么事。

太美了！

就是在这里发现尸体的。

很明显，那个人当时就躲在阴影里，你哥哥不会注意到的。

太可怕了！

走吧，走吧……

这里没什么线索了。请带我去见见克拉克夫人。

波洛先生……这位克罗姆警督到底行不行？他的举止真让人讨厌。就好像他什么都懂。但如果我没弄错的话，他什么都不懂！

无论如何，他是名很出色的警官……

你知道吗？我有一个计划。我们稍后再谈这件事。

你在想什么，格雷小姐？

我在想，凶手究竟在哪儿……在做什么……

我告诉她，警察正在调查此案。这也是我唯一能告诉她的事了……

最新消息！
彻斯顿的杀人狂！

给我一份，谢谢。

我该谢谢你，先生！

天哪！不！

**卡迈克尔·克拉克爵士被谋杀**

彻斯顿惨剧，杀人狂所为

就在一个多月前，贝克斯希尔有一个叫伊丽莎白·巴纳德的年轻女孩遇害了，此案震惊了全英国。要记住，此案提到了一份ABC铁路指南。卡迈克尔·克拉克爵士的尸体旁也发现了一份ABC。警方猜测两起谋杀案是同一人所为。这个杀人狂是否还在海滨徘徊？……

很可怕，不是吗？

哦！非常可怕！

在我看来，肯定又是一个战争后遗症患者！

所有人都有战争后遗症！我的头好痛，你看……它再也不像以前那样好使了！

偏头痛，你不了解！像挨电钻一样痛！

啊……好吧……先生，祝你一天顺利……

有时候我甚至不知道自己在做什么……

警方追查彻斯顿杀人狂的行踪！

彻斯顿凶杀案后，ABC 连环案成为新闻头条。安多弗的案件也和另两起案件联系在了一起，报纸上登出了各种匪夷所思的线索。全国人民俨然变成了一支业余侦探大军……

凶手可能就在你的城市。买一份《每日闪耀》报！

当然，波洛成了议论中心，因为那些寄给他的匿名信已被发表。诋毁者大肆侮辱他，而那些坚定的辩护者则发誓说他马上就要指出凶手是谁了……

"波洛的最新声明……""波洛描绘了一幅非常黑暗的画面！"

还有这个！"波洛成功在即。波洛先生的挚友黑斯廷斯上尉向我们的特派记者透露……"

请相信我。我从未这样说过！

我知道，黑斯廷斯……我知道。

人们总说你没有行动力！

我的力量在于我的大脑，而不是我的双腿……我在思考。

但现在真的是思考的时候吗？

这才是关键，你知道的……

很快真相轮廓就会自动显现出来！

富兰克林·克拉克明天就要到伦敦来。给，你再看看这个！

尊敬的先生：

请原谅我冒昧……

自从那两起和可怜的姨妈类似的恐怖谋杀案发生后，我想了很多……那似乎我们都在同一条船上。我在报纸上看到那位女士的照片，我是说……那位在贝克斯希尔被害的女孩的姐姐。我写信告诉她我要去伦敦找个住处，问她我能不能去找她或者她母亲。我跟她说，两个脑袋总比一个脑袋强，我不需要多少工钱，我只想查出那个恶魔是谁。如果我们能把自己知道的情况告诉彼此，也许会有结果，更容易查出来。那位年轻女士很友好，给我回了信，她告诉我她在办公室工作，住在寄宿公寓，并建议我写信给你，还说她也有过类似的想法。她说，既然我们都在同一条船上，就应该团结起来。

所以，我就给你写信了，告诉你我要来伦敦。这是我的地址。

希望没有打扰你。

祝好。

玛丽·德劳尔

第二天，富兰克林·克拉克向波洛建议组建一支特别行动队，由受害者的亲属和朋友组成。他们的第一次会议在伦敦波洛家中举行。

现在有三起谋杀，受害者是一个老妇人、一个年轻的女孩和一个上了年纪的男人。你们各自对受害者的了解可能对警方有所帮助。

因此，罪犯去了三个不同的地点进行调查，准备作案。他并不是午夜到达贝克斯希尔，然后偶然在沙滩上发现了一个名字以字母B开头的年轻女孩……

非得探究细节吗？

这都是有预谋的，也就是说他必须事先侦查现场，并了解受害者的习惯。我们迟早会认出他的。

我们必须对一切进行分析，没有人来这里是为了寻求安慰。

坦白地说，我认为你们知道一些自己都没意识到的重要信息！

这些只是空洞的话语，没有任何意义！

我倒觉得这很有意义。

你怎么想，托拉？

哦，我觉得说一说总会有帮助。

克拉克先生，你先开始吧？

让我想想……他遇害的那天早上，我去钓鱼了。天气晴朗。之后我在家里吃了午饭，在吊床上休息，读了一本伊迪丝·内斯比特的书，然后电话响了……

你非常出色，感谢。

你早上去海边的路上有没有碰到什么人？

碰到了很多人……带着猎狐犬的孩子们在拐鹅卵石，一个胖胖的女人……还有一个年轻女孩在游泳，时不时还喊叫一声。真有意思，记忆慢慢回来了……

27

那你呢，格雷小姐？

让我感到惊讶的是，波洛并没有再问她别的……

大概是在她遇害前十五天左右。我坦诚地告诉了她我的想法。

她有没有提到一个男人，抱歉，弗雷泽先生，就是那个可能同时在与她约会的人？

这种事她肯定不会告诉我的！

整个上午我都在处理卡迈克尔爵士的信件，之后见了女管家在回信。那天我很早就睡了。

巴纳德小姐，你能跟我们讲讲最后一次见到你妹妹时的情形吗？

她当时身无分文，因为刚买了一顶帽子和两条连衣裙……她说起了唐纳德，还说她不喜欢另一个女服务员米利·希格利。

弗雷泽先生，你曾经去姜黄猫咖啡馆等贝蒂·巴纳德下班，你在外面等的时候，有没有注意到什么人？

当时海边有很多人，我完全不记得其中的任何人。

你真的有在努力回想吗？眼睛会机械地记录事物，而且往往很准确……

我谁也记不得了！

德劳尔小姐，你经常收到你姨妈写给你的信，对吗？

最后一封是在她出事前两天收到的，先生。

她一直在等我休息的日子，想和我一起去电影院……因为很快就到我的生日了。

抱歉，我失态了。但一想到我们两个满怀期待地盼着在电影院小聚……

我理解你。总是这些小事让我们感伤。有一天，我目睹一个女人被汽车碾过去，但我只记得从她的包里露出来的新鞋。

贝蒂死后，我们也一样……妈妈给她买了新的丝袜作为礼物。她很伤心，因为她永远就看不到了。

可怜的老太太……

我们不应该为将来做些计划吗？

当然。
等第四封信到了，我们应该携起手来。
在那之前，我们可以各自碰碰运气。
你怎么想，波洛先生？

我确实有一些建议
给你们。

那个女服务员
米利·希格利，
也许能帮上忙。

A) 米利·希格利！

巴纳德小姐可以试着进攻：
找机会跟她吵一架。
告诉她你知道她不喜欢你妹妹，
而你妹妹已经把她的事情都告诉你了。

另一个方法……
弗雷泽先生，我可以
建议你去假装追求
这个年轻女孩吗？

格雷小姐……

先生，
我已经彻底离开德文郡了。

有这个必要吗？

她会说出她对你
妹妹的看法，
这其中也许会有
有用的信息。

格雷小姐人很好，
提出愿意留下来和我们
一起料理我哥哥的事务，
但当然了，她更想在
伦敦找份工作。

我不知道……
克拉克夫人
怎么样了？

情况很糟，
但她表示想见见你。
费用当然由我来出。

非常乐意。后天如何？

好。我会通知护士，
她会根据你的到访时间注射药物。

至于你，我的孩子，你可以去安多弗。
试试那些孩子。

孩子？

是的。
他们不愿意和陌生人说话，
但街上的人都认识你。
他们可能注意到有谁
进出过店铺。

第三封信上盖的邮戳是普特尼 SW15 区，对不对？这也许意味着 ABC 是伦敦人，或者他在伦敦。

真神奇，
这次报纸上的报道
是正确的。

给他设个陷阱怎么样？比如登个广告："ABC。紧急。H.P. 快要抓到你了。给 100 英镑我就保持沉默。XYZ。"当然不用那么露骨，但也许能把他引出来，你明白我的意思吗？他可能会试图杀了我。

这倒也是一种
可能……

我认为这么做很
危险，也很愚蠢。

所以，我总结一下：
A) 巴纳德小姐和米利·希格利；B) 弗雷泽先生和米利·希格利；C) 安多弗的孩子们；D) 广告。既然没有更好的办法，至少会让我们有点儿事做。

随后，所有人都散去。

可是几分钟后，托拉·格雷又回到了波洛家……

事实上，我本来打算留下来，
但克拉克夫人希望我离开。
我不知道为什么，
但看来她很讨厌我。

你能来告诉我们这一点
真是太好了。

克拉克先生很厚道，
让你认为我是自愿离开
康布赛庄园的。

但你们无法了解我当时
多么惊讶。我不知道
夫人为什么这么讨厌我。我还
以为她挺喜欢我的……

我更希望你能知道真相。
我拒绝躲在克拉克先生的
骑士风度背后。
他是正直的人。

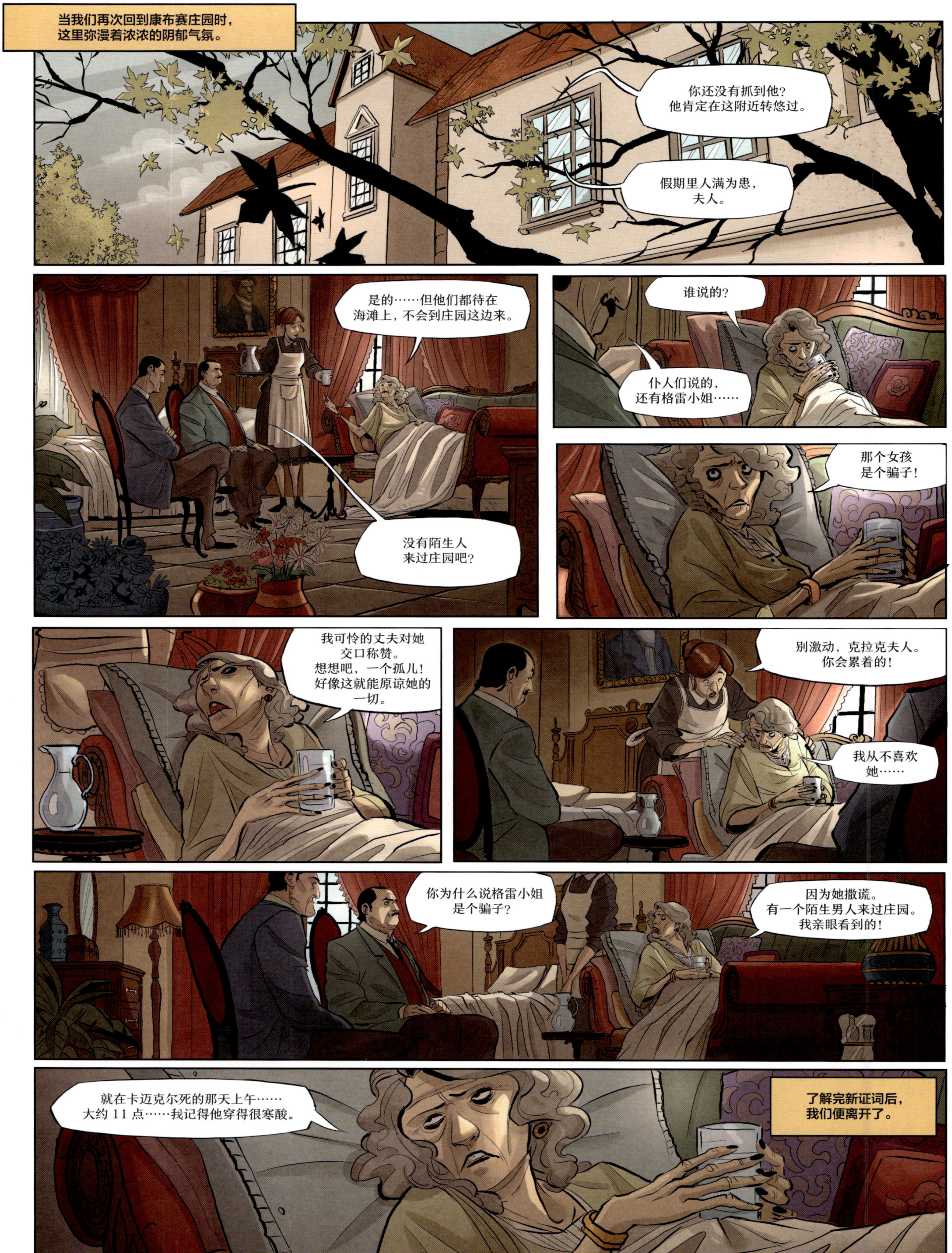

当我们再次回到康布赛庄园时，这里弥漫着浓浓的阴郁气氛。

你还没有抓到他？他肯定在这附近转悠过。

假期里人满为患，夫人。

是的……但他们都待在海滩上，不会到庄园这边来。

谁说的？

仆人们说的，还有格雷小姐……

没有陌生人来过庄园吧？

那个女孩是个骗子！

我可怜的丈夫对她交口称赞。想想吧，一个孤儿！好像这就能原谅她的一切。

别激动，克拉克夫人。你会累着的！

我从不喜欢她……

你为什么说格雷小姐是个骗子？

因为她撒谎。有一个陌生男人来过庄园。我亲眼看到的！

就在卡迈克尔死的那天上午……大约 11 点……我记得他穿得很寒酸。

了解完新证词后，我们便离开了。

多么精彩的故事啊！托拉·格雷和她神秘的陌生男人！

但她为什么要假装没看到任何人呢？

找出答案最好的办法就是直接去问她。

假设这样的女孩和一个疯子勾结在一起，真是太难以让人接受了！

确实，但我认为事实并非如此。

你看见了吧，黑斯廷斯？总能发现点儿什么。

很高兴你能这么说。漂亮的女孩总是会惹烦恼。人们也总爱招惹她们！

我亲爱的朋友，你对年轻漂亮的女孩充满了同情。可谁说克拉克夫人说的就一定是对的呢？

黑斯廷斯上尉，英勇的骑士，随时准备搭救落难的女孩……当然她们必须非常漂亮才行！

哈哈！你太可笑了！

回到公寓时，我们发现了第四封信……

WHITEHAVEN MA

给你的，先生！

还没破案？真为你感到羞耻！你和警察在干什么？
好了，好了，这不是很好玩吗？我们下一次该到哪里去采蜜？
可怜的波洛先生，我替你难过。如果一开始不成功，
那就该尝试、尝试、再尝试。我们还有很长的路要走呢。
去蒂珀雷里（Tipperary）？不——字母T还远着呢。
下一个小案子将发生在唐克斯特（Doncaster），9月11日
再见！

A.B.C.

第二天早上，克罗姆警督和受害者亲友都聚集在波洛家。

女士们、先生们，我不喜欢外行人。尤其是他们手上掌握的资源远不如警方的时候。

而你那些资源，到目前为止，还一无所获。我甚至敢打赌，这个该死的 ABC 会再次骗过你。

11 日是下个星期三。我们有足够的时间在媒体上做宣传，还会有许多当地警员在现场。

大海捞针！

警督，看得出来你不是赌马爱好者。你知道 11 号圣莱杰赛马将在唐克斯特举行吗？

啊，是吗？这确实让事情变得更复杂了……

ABC 也许是个疯子，但绝不是傻子。我相信谋杀将发生在赛马场。

圣莱杰赛马肯定会让事情更棘手。我们的运气可不怎么样。

警长想就此离开，并带走那封信。

克罗姆说得也没错。当数十名警员处于高度戒备时，几双眼睛又能做什么？

我们别气馁，先问问自己对凶手了解多少！

可我们对他一无所知……

你这样认为吗？克拉克夫人告诉我们，她曾看到你在台阶上和一个陌生男人说话。

她看到我和一个陌生男人在一起？她肯定弄错了……我从未……哦！！！

我现在想起来了！我真蠢！
但那只是一个挨家挨户兜售丝袜的人。
一个毫无攻击性的可怜人。

丝袜……丝袜……
哦……当然了！就是
这个关键物品。黑斯
廷斯，我明白了！

你还记得吗？
在安多弗的商店里，
椅子上有一双崭新的丝袜！

天哪，你是对的！
同样的物品重复了
三次……这不可能是
巧合！

而你，小姐，
说过你妈妈因为给妹妹
买了一双丝袜而伤心流泪！

快告诉我，
你母亲不是在商店里买的丝袜吧？

不是！她说忍不住为那些要挨家挨户
兜售生意的可怜人感到难过……

但这彼此之间有什么联
系呢？一个卖丝袜的男
人并不能证明什么！

三桩案件……
每次都有一个男人兜
售丝袜，也许是为了
探查周围环境……和
我的上尉朋友一样，
我不相信是巧合。

这取决于你，小姐。
请描述一下那男人！

我……我不知道。
我几乎没怎么看他。
他穿了一件旧外套。
但除此之外，他不是
那种你会注意到的人。

"不是你会注意到的人……"
这一点毋庸置疑，
你刚刚向我们描述了凶手的特征！

卡斯特先生，你怎么了？
感觉不舒服吗？
你什么都没吃。

今早感觉不太好……
但没多大问题。

偏头痛又犯了？

不……嗯，是的……
我只是不舒服，
仅此而已。

已经这样了，
你还出门？

你确定吗？
不过总比去唐克斯特好。
据说开膛手杰克就在
那里！

卡斯特先生，
你的气色
真的很差。

我必须出去。我要去……
切尔滕纳姆。

又能怎样呢，我必须
出门，莉莉小姐……

**稍后，在苏格兰场……**

给我弄一份所有丝袜生产厂
的名单，这是波洛的主意。

我还要所有代理人的名字。

我知道……他当年干得
不错，但我觉得现在
他有点儿老了。

是的……是的……
这可能会让很多人震惊，
但我们两个都知道他就是个
江湖骗子！

35

莉莉，你好！

我刚刚看见你家那个老头儿了。

是啊！他看起来痛苦不堪。

他运气真好，要去唐克斯特！我在圣莱杰赛马的那匹"萤火虫"身上下了赌注，我真想看它比赛！

谁？卡斯特先生？

你说他去唐克斯特？我以为他要去切尔滕纳姆……

不，我可知道一些事。我捡到了他的车票。他边走边丢东西，就像一只迷路的老母鸡！

奇怪，他肯定改主意了。

真正奇怪的是，上次他就在彻斯顿附近的托基，而再上一次在贝克斯希尔。你的这个房客就是个扫把星！

幸好他的名字不是以 D 开头的，凶手不会找上他。这就已经很好了……

你这么觉得吗？也许他就是凶手！哈哈哈！

哦！闭嘴！

我一辈子都不会忘记 9 月 11 日那一天。
我们决定分开活动，这样就能最大范围地进行观察。

你们都指望着我……
但我当时甚至没有看他一眼。
我可不是相术师！

好了，好了，不要那么歇斯底里。
如果你看到这个人，就会认出他的。

你确定？

很可能！到目前为止凶手一直运气不错……
我敢肯定，他将自己的成功归于他的
聪明才智。但一个简单的错误就会让他
像老鼠一样被逮住！

黑斯廷斯，
你准备好一起去
探险了吗？

当然！……
我可受不了
守株待兔！

说得好。
运气总会转变的！

那么，我能请你陪伴
我们团队中的一名成员吗？

你的金发天使？
我觉得你非常直接！

不，你要陪同的是玛
丽·德劳尔（Drower），
她的姓是以字母 D
开头的。

我向波洛保证不会辜负他的信任，
然后我们就分开行动了。

格雷小姐？

37

ODEON
THE CLUBBED SWAN
ODEON
绝不！我宁愿饿死！
如果我们再见面……
那将是在地狱！
哦！
抱歉……
?!
麻烦
让一下……
哎……
哎呀，
我的帽子！
抱歉，
先生……

抱歉打扰了，先生们！

最精彩的台词！
他就不能等到影片结束吗？！

好吧……

彼得！

梅尔！

现在，大结局！

梅尔，我知道
你肯定会回来的！

哦，彼得！

The end

（剧终）

太精彩了！

一想到那些为了去看赛马而错过了
这样一部杰作的傻瓜……真是遗憾！

他们要关门了，先生。
请朝出口走！

先生，
你睡着了吗？
电影结束了！

可……可是……

啊！！！

?!

太可怕了，全是血！

我的天！
他……他……

他死了！

看这个！

难以置信！是
一份 ABC 指南！

多么美好的夜晚！
多么精彩的电影！

!

有血？!

哦，我的天！

不，不，
我看起来太糟了！

哦，不好意思，先生。
我以为你出去了……
这是你的热水！

哦！

没什么，
我不小心
把手割破了！

谢谢！
但我已经用冷水
洗过脸了。

随时为你
效劳，先生！

天哪！我疯了吗？

后来，在警察局……

我现在心跳得特别快，警督。整场电影放映期间，他肯定就坐在我旁边！

POLICE

很明显，他假装被绊了一下。然后他就趁机捅死了那个可怜的家伙！

你没听到他呻吟吗？

没有……我可能看得太专注！

你能描述一下他的样子吗？

哦，你知道的，在黑暗中……

嗯……作为证人，很难想象还有比这更糟的了！

波洛先生到了，警督，
还有一位先生。

祸不单行，
让他们进来！

我立刻察觉到警督和当地警察局局长
安德森上校都忧心忡忡、神情沮丧。

又一起
ABC 谋杀案？

是的，胆子真大。
我们的凶手喜欢
变化作案手法！

死者身份确定了吗？

死者叫乔治·厄斯菲
尔德（Earlsfield）。
ABC 跳过了字母 D。

真奇怪……

把下一位
证人带进来！

一个中年男子被带了进来：他长得和《爱丽丝梦游
仙境》中的青蛙侍从一模一样。

先生们……

你的姓名？

肃斯（Downes），罗杰·伊
曼纽尔·唐斯，海菲尔德
男校的教师。

电影开始的时
候，我坐在自
己的座位上，
紧挨着受害者。
然后我看见还
有空位，就挪
了个位子。

影片结束，我想朝出口走去，
那个男人挡在那里。起初我以为
他睡着了，或者昏倒了……太震惊
了！我这几年本来心脏就不太好！

43

亲爱的先生……

你是个很幸运的人!

你的姓是以 D 开头的,
你的身高体形和死者差不多,
而你本应离案发座位更近。

所以呢?
我不明白……

我是想说很可能凶手从后背认错人了。
我敢打赌,那一刀本来会捅在你身上的!

水!请给我水!

我?为什么?

可怜的男人极度
虚弱,不得不被
护送回家。

ABC 越来越疯狂了。如果他再次
作案,我一点儿都不会惊讶!

无论如何,
他已经犯了第一个错。

黑天鹅旅馆的主人
带着一个年轻女孩来
了。她可能有线索。

还等什么?
快把他们带进来!

告诉我,小姐,
是怎么回事?

嗯,我……

我们那儿现在有六七位
住户。她负责给他们的
房间送热水。

1864
POLICE.

我敲了敲门，以为里面没人，我就进去了……
他正在洗手。

请继续说，我的孩子。

我对他说："这是你的热水，先生！"但他已经用冷水洗过了。我朝脸盆里一看……

上帝啊，先生……水全是红的！

这孩子告诉我，他脱掉了外套，手里正抓着袖口！

还有他的头！……他看起来像死尸！

这是什么时候的事？

大约 5 点一刻，先生！

你可以描述一下这个人吗？

哦，他长得再普通不过了……

女孩很细致地描述了这个人的外貌……

当我们得知他没有带行李箱就离开了，我们立刻去了旅馆。

我拿来了旅馆的登记簿，先生们。这是他的签名：ABC！

那是他的行李箱吗？

是的，警官。里面有几盒丝袜！

祝贺你，波洛，你是对的！

第二天……

在这儿，警督先生！

这样，你，你，还有你，绕到后面，确保他不会从地下通道逃走！

其他人跟我来！

莉莉是我的未婚妻，她并不希望我去找你们……但报纸上提到的那些地方……还有他奇怪的神情……你明白吗？所以我对自己说，汤姆，做你该做的事！如果不是他也就罢了……但如果是他，你就是在救人！

我也这样认为。莉莉会明白的！

还有他的名字……亚历山大·拿破仑·卡斯特*……太不可思议了！

你说得对。

你做得很好。

汤姆？！

你是说卡斯特先生？哦，我不这么认为。

一小时前他接到了一个电话，然后立刻拿着钥匙出去了。如果他回来了，我肯定会看见的！

＊英文为 Alexander Bonaparte Cust，首字母缩写即 ABC。另外，该姓名中包含了两个伟大人物亚历山大大帝和法兰西第一帝国皇帝拿破仑。

卡斯特先生，你在吗？

我告诉过你，先生，他不在！

卡斯特先生？

当然，在苏格兰场立刻又召集了会议……

我跟彻斯顿、贝克斯希尔和安多弗核对过了，列了一份他卖过丝袜的顾客名单，我得说，他工作就就业业。

他住在皮特旅馆。案发当晚 10 点半，他回到旅馆。由于举行达特茅斯帆船赛，那个星期五的火车上坐满了人，没人注意到他。

贝克斯希尔的情况也是一样。他去过十多个地方卖丝袜，其中包括巴纳德太太家和姜黄猫咖啡馆。他第二天上午 11 点半左右回到伦敦。

在安多弗也是一样。他向阿什尔夫人的邻居和同一条街上的六七个人卖过丝袜。买到的丝袜和卡斯特的丝袜是一样的。

47

至于他在伦敦的住所，据他的房东太太说，他接到了一个电话——这很罕见，她告诉我。然后他几乎立刻就离开了！

所以他有同伙？

不太可能……也很奇怪……除非……

在他的卧室里，我发现了一沓纸，与我们收到的那些信纸类似，还有丝袜，以及同样大小的包装盒，里面装着……

不是丝袜……而是八份全新的 ABC 铁路指南！

至于那把刀，很抱歉我还没来得及写在报告里，起初完全找不到刀的踪影。

把凶器带回家是低能儿的行为。

"起初"，波洛先生，我说的是"起初"！后来我搜查了整间屋子。刀就在衣橱的衣架下面。

刀刃上还有干了的血迹！

克罗姆，干得好！

波洛先生，你还有什么顾虑？

有一件事我非常担忧，就是"为什么"，动机是什么……

这家伙就是个十足的疯子！如果一个人疯了，他就是疯了，不需要再费劲琢磨什么动机……

再这样下去，我猜医生最终会在他身上发现好的品质，更糟的是，会再把他放回人群里去！

我们会抓住他的，先生，别担心！

第二天，在安多弗

ASHER'S TOBACCONIST

À LOUER

租赁……空房……
死亡……

你在寻找什么吗？

?！呃……不，
不，对不起……

"ABC 谋杀案的凶手
仍逍遥法外。采访
赫尔克里·波洛！"

不知道他
知不知道……

身无分文，饥肠辘
辘……我应该坚持不
了多久了……

一脚前，
一脚后……
太奇怪了！

POLICE STATION

请原谅……

?！

49

就这样，凶手倒在了一群警察中间。
调查接近尾声……

精神错乱！也就是说不可能无罪释放。按照女王陛下的意愿进行拘留比死刑也好不了多少！

连环杀手曾经在战争中受伤。他的律师为他进行辩护，说他精神错乱！

汤普森医生，你怎么想？

这太疯狂了，是的。尽管卡斯特自己发誓他是正常的。他肯定是个癫痫病人，但是不是疯子可说不准……

太戏剧化了！就在安多弗警察局门口犯病！

作为结局不可能更戏剧化了，ABC总能算计好时间制造他想要的效果。

不过，一个人究竟有没有可能在不知情的状态下犯罪？

哦，别上当了。卡斯特再怎么发誓，我也相信他非常清楚自己犯下了这些罪行。

你知道克罗姆警督怎么说吗？"当他们如此激烈地否认时，通常是因为他们有罪！"

毫无疑问，不过对于那几封信，我们还没有任何解释。

信是寄给我的。但为什么寄给我？

是你的名字……卡斯特显然有俄狄浦斯情结。一个专制的母亲，两个极其夸张的名字……需要找到一个能与之抗衡的对手……而你的名字也是赫拉克勒斯 *，希腊神话中的大力士！

* 赫尔克里和赫拉克勒斯在英文中是相同的名字 Hercules。

嗯……

告诉我，黑斯廷斯，你认为这个案子结了吗？

哦……是的，可以这么说。我们抓到了凶手。得到了大部分证据。

案子在于人，黑斯廷斯！除非我们完全了解那个人，否则，谜团就并未解开。把他送上被告席并不代表胜利！

我们知道他在哪里出生。我们知道他在战争中头部受伤，然后因为癫痫病退役。我们知道他住在哪里，过着平静的生活，是那种不会有人注意的人……

我们知道他制定了一个极其复杂的犯罪计划，但他也犯了一些不可思议的错误。他作风优雅，并不让别人背黑锅……一个充满矛盾的人？愚蠢而又狡猾，冷酷无情而又宽宏大量……一定有一个主导性的因素来调和这两种对立的特质，不是吗？

啊！如果你认为这是一个心理学的案例！

对权力的渴望？

这可能是一种解释，但我并不满意。为什么要杀那么多人？为什么是那些人？

你能解释一下吗？

还不行！

否则会是什么？从一开始，我就试图搞清楚凶手的性格。但现在我意识到，我完全没有搞清楚！

除非……多亏了你，黑斯廷斯，我明白了阿什尔夫人、卡迈克尔·克拉克爵士为什么会被杀，还有唐克斯特的案子，以及为什么会选择赫尔克里·波洛！

你记得那首儿歌吗？"逮住一只狐狸，关在笼子里，永远不放出来。"

由于与警方的合作，我的朋友获得了一张通行证，并与被指控的凶手交谈。然而，只给了他一人……

我是赫尔克里·波洛，就是你写的那些信的收信人。

我从没给你写过信。那些信不是我写的。我已经说过很多遍了。

我知道。但如果不是你，又会是谁呢？

仇人，想害我的人……警察……所有人都跟我对着干。

只有我的母亲爱我，她雄心勃勃，给我起了这个荒谬的名字。似乎这样我就能成为自己命运的主人，成就伟大事业！

可怜的母亲……她彻底错了。

只有在战争期间，我才觉得自己和其他人一样。在发病之前……我不知道自己在做什么的时候……

平庸的办公室职员……最低的薪水……我正在为生计而挣扎时，有人找到我做这个丝袜生意。薪水加佣金！

但你知道这个公司否认雇用了你吗？

这是他们的阴谋！

我有书面证据。我留着他们写给我的信，告诉我该去哪些城市，见哪些人。

不是严格意义上的书面证据……更像是打字的证据。

你不知道吗？卡斯特先生，打字机是可以识别的。那些信都是用同一台特定的打字机打出来的。是你的……我们在你房间里找到的那台打印机。

那是我刚开始工作时公司寄给我的！

是的，但那些信是后来才收到的。所以，看来是你打了信，然后寄给了你自己。

52

那么，那些在你衣橱里
找到的ABC指南呢？

我不知道。我以为所有
盒子里装着的都是丝袜。

我是无辜的！你看第二起案子……就是贝克斯
希尔那起。我当时在伊斯特本玩多米诺骨牌。
警察知道的！

但弄错一天很容易，不是吗？
至于旅馆的登记簿，还有什么
比你在上面签字时故意写错
日期更容易呢？

我听说，你的多米诺骨牌
玩得很好。

我……是的，没错……
你会惊讶地看到，
完全陌生的人因为玩
多米诺骨牌而迅速
熟络起来。

我记得有一个人，跟他仅仅
玩了二十分钟，就感觉认识
他很多年了。

他究竟跟你
说了什么？

他的话让我大吃一
惊……他说我们的
命运都写在自己的
手上。他给我看了
他的手。那些纹路
显示他会逃过两次
溺水之灾。他确实
如此！

他看了我的手，对我说了一些惊人的话：
在我死之前，我会成为英国最有名的人之一。
所有人都会谈论我。

他还说我会死得非常惨。
"你好像会死在绞刑架上！"他说，
然后开始大笑。

他还说……

我的头……我的头很疼！
偏头痛有时真要命……
有时我都不知道自己在哪里……

但你知道是你犯下了这些罪行，对吗？

是的……
我知道。

但你不知道为什么自己会犯下
这些罪行，我说得对吗？

是的，我不知道。

53

正如别人告诉他的那样，亚历山大·卡斯特变得非常有名。我们都迫不及待地想听波洛对整个案情作最后的分析。

从一开始，我就在想这个案子为什么会发生。

那天，黑斯廷斯告诉我案子已经结了。但这个案子在于人。他的疯癫绝不是答案！

我的朋友黑斯廷斯会告诉你们，收到第一封信时，我是多么不安。我立刻感觉到那封信有什么地方不对劲。可警察认为完全无须顾虑。

安多弗谋杀案发生后，我掌握了一些信息——杀人方式和受害者，剩下的就是找出写信的动机。

喜欢出风头！

自卑情结作祟……

有可能。但当我们仔细想想那些受害者，就会意识到，只要凶手愿意，是可以不引起任何怀疑的。警方一定会怀疑这些人：弗朗兹·阿什尔、唐纳德·弗雷泽，以及富兰克林·克拉克先生。

而且从表面上看，受害者之间似乎没有任何关联。但是有一个关联可以建立起来……

凶手和贝蒂·巴纳德！

贝蒂是被自己的腰带给勒死的。因此，她和凶手之间一定关系密切。

贝蒂喜欢打情骂俏，也很享受异性的目光。要说服她跟他出去约会，ABC一定要很有魅力。一个情场高手！因此我想当时的场景是这样的……

波洛先生，求求你！

男人表示喜欢她的腰带。她便把它解了下来，他把它套在她的脖子上。"我要勒死你噢。"他对她说，她高兴得咯咯笑……他却突然下了狠劲！

彻斯顿案并没有提供我什么新的信息，但就在那个时候，丝林这个线索出现了。一个推销员的出现绝不可能是巧合，但我必须承认，格雷小姐描述的那个人的样子和我所想象的并不相符。

到第四起谋杀案，运气终于改变了。情况开始对 ABC 不利，他很快就被指认、追捕，最终被抓获。

对黑斯廷斯来说，案子已经结了！

但对我来说没有！我什么都不知道，完全看不到动机！

但就在那时，一件奇怪的事发生了。贝克斯希尔谋杀案发生的当晚，卡斯特有不在场证明。并且警方证明其真实可信。

然后我就记下了卡斯特（他绝不可能勾引一个如此漂亮的姑娘）和杀害贝蒂的凶手之间的矛盾之处。

如果卡斯特与这桩案子无关呢？毕竟，归在开膛手杰克名下的罪案并不都是开膛手杰克干的……

那么这个栽赃的人会不会也是此次连环案中其他案件的凶手呢？

这太荒谬了！

别不高兴，但正如莎士比亚所说，"面对整片森林，就看不见个别的树木了"。换句话说，要想掩盖一起谋杀案，只需要让它成为一系列谋杀案中的一起。

写信的人，也就是凶手，非常聪明、胆大，还是个赌徒。而这一切卡斯特都不具备。

你确定荒谬吗？就像研究绘画的专家能辨别一幅画是假的一样，我当时立刻就觉得那些信不对劲……

为了不让人怀疑谁会从犯罪中获益，我们的凶手想出了一个更大胆的计划。他亲手创造了一个杀人狂！

我现在只需回顾一下每起案件，找出可能有罪的那个人。

贝克斯希尔案？唐纳德·弗雷泽可能会报复，但嫉妒并不会导致预谋杀人。一定有更有嫌疑的人。

安多弗案？我难以想象弗朗兹·阿什尔能策划并实施这样复杂的犯罪。

卡迈克尔·克拉克爵士是个富豪。谁会继承他的巨额财产？他将死的妻子，然后就是我们都知道的他的弟弟富兰克林。

从那时起，我就知道了。我一点点勾勒出来的这个人，与一个人完全吻合：聪明、有条不紊、井然有序，但同时又喜欢冒险、善勾引、爱玩，甚至可以说幼稚……ABC 就是富兰克林·克拉克！

?!

哈哈哈！非常巧妙！那我们的朋友卡斯特呢？他被当场抓获，住所里藏着一把刀。他可能否认自己犯下这些罪行……

你完全没明白。他以为自己是那个连环杀手。

这对你来说还不够吗？

容易受人摆布……这就是关键。仅仅构思一系列犯罪来转移开对某一起案件的注意力还不够，你还需要一个可轻易摆布的木偶。

而那次在伦敦的相遇让你产生了这个想法。这个性格怪异的人，加上他夸张的姓名。于是，你终于可以杀死你哥哥了！

他既没有能力也没有胆量去犯罪……甚至没有足够的聪明才智。在整个案子中有一个真的凶手，狡猾、富于创造力，还有一个假的凶手，愚蠢、优柔寡断，最重要的是容易受人摆布。

你为自己的未来感到担忧。你嫂子死后，你哥哥对格雷小姐父亲般的关爱会变成什么样子？

而且你哥哥健康壮硕，不仅可能活得比你还久，甚至可能在第二次婚姻中生儿育女。对你而言，这太过分了。你继承财产的机会几乎为零！

我认为，你这辈子都是个失意的人，一事无成。那么，嫉妒你哥哥的财富岂不是再正常不过的事了？

卡斯特对他癫痫病发作和偏头痛的描述……加上他无足轻重的身份……他恰好就是你需要的完美工具。

而按字母顺序的想法，多亏了卡斯特姓名的首字母缩写，你瞬间就想到了。

你策划得如此周全，把随后要寄给他的信全部打了出来。你甚至把那台打字机给了他！

接下来，你需要做的就是找到两个受害者，他们的姓名分别以 A 和 B 开头，并且住在以相同字母开头的城市。

你的计划很完美。你写信给工厂，让他们寄来一批丝袜。然后你用打字机给卡斯特写了一封信，声称那家丝袜厂将给他提供不错的薪水和佣金……

杀死阿什尔夫人需要胆量和一定的运气。受害者常常独自一人，而这座城市也非常适合卡斯特进行兜售。

SHER'S TOBACCONIST

至于字母 B，贝蒂·巴纳德正是你要找的女孩。你告诉她你已经结婚，所以你们的关系需要低调。

现在让我们说说第三起谋杀案，也就是在你眼中唯一重要的谋杀案。

在这里我要给黑斯廷斯戴一顶荣誉皇冠，因为他发表过一个显而易见的观点，而我当时没有注意到……

这封信看起来是故意误投的！

他是对的。一直令我困惑的那个问题的答案，就在这个微不足道的事实中：为什么这些信是寄给一个私人侦探而不是给警方的？

其中一封信上写的必须是错误的地址，然后被投到别处！而一封寄给苏格兰场的信，不管地址写的是什么，都不会误投。

只有在谋杀案顺利完成后，警察才会开始搜捕。你哥哥晚上散步的习惯给你提供了机会，当时公众舆论已经极其不安，以至于没有人想到凶手可能是你！

你哥哥死后，你的目的已经达到，但谋杀不能就此无缘无故地停止。否则人们会开始怀疑真相。

所以需要另一桩谋杀，可这一次线索让人大吃一惊。唐克斯特！

卡斯特收到公司的指令去那里。你要做的就是跟着他，一有机会就下手。电影院是个理想的地方。你坐在他身后的座位上，站起来，假装被绊了一下。一个人就这样被刺死了。

作案成功后，在死者身边放一本 ABC，然后你设法将凶器塞进了可怜的卡斯特的口袋，还不忘在他袖子上擦了擦刀刃。就算死者的名字不是以 D 开头的，也无所谓，我们会认为这是个小错误。

现在让我们从假 ABC，也就是卡斯特的角度来看看这个案子。

他曾经去过的贝斯希尔和彻斯顿都发生了谋杀案，这让他心烦意乱……当第三起谋杀案公布时，他从报纸上得知安多弗已经发生过另一起谋杀案。而他当时也在那里！

三次谋杀案，他每次都恰好在场……

他易受摆布的性格和因癫痫导致的记忆力衰退，使他觉得自己有罪。他对此确信不疑。

因此当公司让他去唐克斯特兜售时，他把这当成了命运的安排，他失去了理智，告诉房东太太他要去切尔滕纳姆。

想象一下他在唐克斯特的状况，当他发现外套的袖子上有血迹，口袋里有一把刀的时候……他的偏头痛，他的记忆力衰退……就是他！亚历山大·拿破仑·卡斯特就是那个杀人狂！

BLACK SWAN

他走投无路……他接到一个电话，说警察正在赶来。他逃走了，虽然不知道为什么，他以为自己又回到了他第一次作案的地方，在安多弗……他的双脚最后把他带到了警察局。

你的故事太荒谬了！

因为之前没有人怀疑你……但一旦我们开始怀疑你，收集证据就很容易了。

证据？

完全正确！

有目击者发誓说看到你从唐克斯特的影院出来。至于在贝克斯希尔，那个女服务员米利·希格利认出了你的照片。还是在贝克斯希尔，在案发当晚，你把贝蒂带到了"红花菜豆"旅馆。

而最有力的证据是，在卡斯特的打字机上发现了你的指纹。如果你真的是清白的，就绝对不可能碰过那台打字机！

？！

红色，奇数，曼克！*你赢了，波洛先生！

谁都不许动！

啊！

让我走，否则我就开枪！

来吧，克拉克先生……我的管家可是顺手牵羊的专家，他已经卸下了所有的子弹。开枪吧，你会明白的！

卑鄙的外国佬！

？！

随后来自苏格兰场的三名男子夺门而入——两个警员和克罗姆，克罗姆说出了那句由来已久的话……

从现在开始，你说的每一句话都将成为呈堂证供！

先生，请允许我最后对你说一句，你犯下的罪行有辱每一个英国人的身份，毫无尊严可言。

克拉克先生，你可不会轻易地死去。

* 这些都是轮盘赌中的通用术语。此句表示其赌输了。

噩梦终于结束了。我把我的惊讶和对他的敬佩之情告诉了我的朋友。

可怜的格雷小姐受到了粗暴对待……

不过唐纳德·弗雷泽的表现倒是相当不错。

当然，梅根·巴纳德是个靠谱的女孩。

是啊，克拉克走投无路，所以完全没犹豫。

啊，这个嘛……仅限我俩之间，我敢说，他可没吃亏。

但无论如何……所有这些可怕的事总算结束了……

打字机上的指纹是决定性的。你提到指纹的时候，克拉克彻底崩溃了。

不会吧？！你不会告诉我是你瞎编的吧？！

是的，指纹很有用……我知道你会喜欢的，所以决定这样说。

是的，是我瞎编的，我的朋友！

哦！你真是难以置信！我几乎感到羞愧！

最后我不得不提到我们与亚历山大·拿破仑·卡斯特的见面……他自然满心感激地握着波洛的手。

啊，先生……先生……我可以亲自上门道谢吗？

你知道吗，有家报纸出价 100 英镑，要买我的故事？！

61

如果我是你，我就会拒绝。
我会要 500 英镑，
而且不要仅限于一家报纸！

你说得对，波洛先生！
多一点儿钱总是好的……
然后就可以去度假……还可以
给莉莉送一份漂亮的结婚礼物。
她是个好姑娘，相信我。

对，就是这样！好好享受生活，
然后抽空去看看眼科医生，他可能会
给你配副眼镜来治你的偏头痛！

你是这么想的……?!

是的，
你可是当今全英国最有名的人！

你确定吗？

你是个了不起的人，
波洛先生。
真正了不起的人！

波洛向来不蔑视赞美
之词，甚至没能装得
谦虚一点儿。

这是一个朋友的建议。

随后，洗脱嫌疑的无辜者
卡斯特离开了，但还一直
不停地道谢。

黑斯廷斯，怎么样？
又一次狩猎成功……

狩猎真好，我的朋友！
运动万岁！

完

# 阿加莎·克里斯蒂作品
## 图像小说版

### 《东方快车谋杀案》

〔德〕本杰明·凡·艾格尔斯巴格 改编

蔡峰 绘

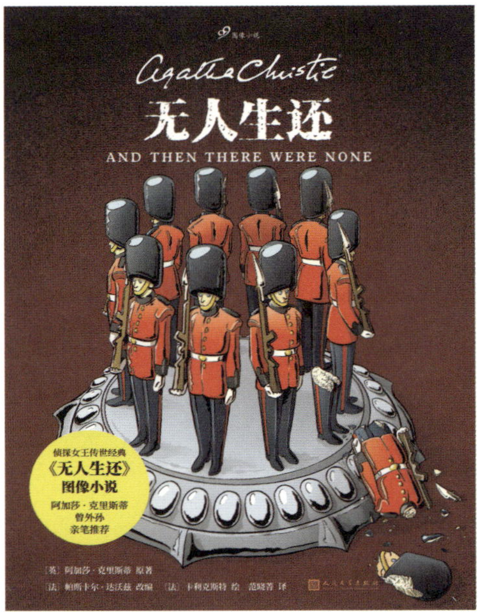

### 《无人生还》

〔法〕帕斯卡尔·达沃兹 改编

〔法〕卡利克斯特 绘

### 《尼罗河上的惨案》

〔法〕伊莎贝尔·博捷 改编

〔法〕卡利克斯特 绘

### 《三幕悲剧》

〔法〕弗雷德里克·布雷莫 改编

〔意〕阿尔贝托·扎农 绘